Les Femmes en Blanc

LE DRAIN SIFFLERA TROIS FOIS

Dessin : Bercovici / Scénario : Cauvin

DUPUIS

Dépôt légal : mars 1998 — D.1998/0089/43
ISBN 2-8001-2583-7 — ISSN 0771-9124

Imprimé en Belgique.

Exclu de partout

MERCI ! À CHARGE DE REVANCHE !
ÇA VA ! ÇA VA !
?
MADAME, MADAME, IL EST INTERDIT D'EMMENER QUOI QUE CE SOIT DE CET HÔPITAL.
OH ?
HIHIHI... EXCUSE-MOI, SYLVIANE, JE NE T'AVAIS PAS RECONNUE. DIS-MOI, QU'EST-CE QUE TU VAS EN FAIRE ?
L'EMPAILLER !
HIHI HI HI HIHIHIHI
HIHIHI ! MON DIEU, QU'ELLE EST BÊTE !...
MANQUAIT PLUS QUE ÇA !
MORGUE
264
?!

MAIS QU'EST-CE QUE... ?...
ON M'A CHARGÉE DE VOUS DÉPOSER CECI, VOILÀ QUI EST FAIT.
MADAME, CE LOCAL EST INTERDIT D'ACCÈS AU PUBLIC, ET VOUS N'AVEZ PAS À Y DÉPOSER N'IMPORTE QUOI !
MINUTE ! JE NE VIENS PAS DE L'EXTÉRIEUR...
JE FAIS PARTIE DU PERSONNEL. JE SUIS INFIRMIÈRE EN RADIOLOGIE...
QU'EST-CE QUI ME LE PROUVE ?
VOUS N'AVEZ QU'À TÉLÉPHONER !
PARCE QUE VOUS CROYEZ QUE JE N'AI QUE ÇA À FAIRE ?!
MADAME, RAPPORTEZ ÇA IMMÉDIATEMENT OÙ VOUS L'AVEZ TROUVÉ !
OOÔÔH !
PLAF !
PFRRT !
RODIDJU ! ET MOI, JE VOUS DIS QUE JE NE VEUX PAS DE ÇA ICI !
ROULE ROULE
CETTE DÉPOUILLE, ELLE APPARTENAIT À QUI ?
À UN MALHEUREUX, UN EXCLU QUI A PASSÉ LA PLUS GRANDE PARTIE DE SA VIE DANS LA RUE...
MORGUE
... ET ÇA CONTINUE...

Père indigne

ALORS, MONSIEUR BINDELS ?
FAUSSE ALERTE !
OÙ EN EST-ON AVEC LE PROJET D'AFFICHE POUR LA CRÈME À RASER ?
BEN JUSTEMENT, JE...
DRIIING DRIING
ALLÔ ?
MONSIEUR BINDELS, C'EST POUR VOUS !
OUIII ? C'EST TOI, AMOUR ? TU ES CERTAINE ? C'EST BON, J'ARRIVE !
CALME-TOI, SURTOUT NE T'ÉNERVE PAS, TU VERRAS, TOUT SE PASSERA BIEN...
ALLÔ ? ...MAMAN ? OUI, CETTE FOIS-CI C'EST LA BONNE..
?!
ENCORE TROP TÔT ?
OUI... POURTANT, JE TE JURE, CETTE FOIS, JE CROYAIS BIEN QUE ÇA Y ÉTAIT !
ALORS ?
ALORS, CETTE PUB POUR LES BROSSES À DENTS ?!
DRIIING DRIIING

MONSIEUR BINDELS !
OH NOOON...
OH SI ...
CHÉRI, CALME-TOI !
JE SUIS CALME !
NON ! JE VOIS BIEN QUE TU T'ÉNERVES !
MOI ?
OUI, TOI !
ALLÔ, MAMAN ?
QUOI ?
RIEN !
DRIIIING DRIIIING
MONSIEUR BINDELS...
Y A PERSONNE...
MAIS C'EST ...
Y A PERSONNE !
Y A PERSONNE !
CLIC
ALLÔ ? POURRIEZ-VOUS M'ENVOYER UN TAXI ?... DEUX HEURES D'ATTENTE ?! AH, VOUS ÊTES SATURÉS... OUI OUI, JE COMPRENDS ...
254
3

BUS
BUS
VROOOMM
MAIS !? MADAME, QU'EST-CE QUI VOUS...
CHAUFFEUR ! DIRECTION L'HÔPITAL, VITE !
HEIN ? MAIS !...
VIIITE !
MAIS JE VAIS ÊTRE EN RETARD AU BUREAU, MOI !
TAISEZ-VOUS, ÉGOÏSTE !
AH, CES BONSHOMMES, ILS NE PENSENT QU'À EUX...
?!
VROOO
TOUS LES MÊMES JE VOUS DIS !
EN VOITURE PRIVÉE, C'EST COURANT, EN TAXI, ÇA L'EST UN PEU MOINS, MAIS EN BUS, ÇA, C'EST RARE !
TAIS-TOI ET COURS ! ÇA URGE !
MONSIEUR BINDELS ?
QUOI ENCORE ?
C'EST VOTRE MAMAN !
MA... MAMAN ? MAIS OÙ ES-TU ?... HEIN ? COMMENT ÇA, À L'HÔPITAL ?
ZOUF
D'ACCORD, ELLE N'A PAS ACCOUCHÉ DANS L'AUTOBUS, MAIS ELLE AURAIT PU !... TU DEVRAIS AVOIR HONTE, PHILIPPE !...
LA PROCHAINE FOIS, TANT QUE VOUS Y ÊTES, CONFIEZ-LUI VOTRE V.T.T. À MA FILLE ! ELLE FERA LA ROUTE À VÉLO !
COMMENT ELLE S'APPELLE ? LESLIE ! POURQUOI ? ÇA T'INTÉRESSE ?
EN TOUT CAS, NE COMPTEZ PAS SUR MOI POUR FAIRE VOTRE PUBLICITÉ !
C'EST AFFREUX ! J'AI L'IMPRESSION D'AVOIR RATÉ LE PLUS BEAU JOUR DE MA VIE !
254
4
MERCOIS - CAUVIN

Plus dure sera la chute

NON, MAIS JE VIENS DE LE FAIRE, MON CHÉRI!
BIEN! CONTINUE...
POUR LES W.C., IL EXISTE DES POIGNÉES SPÉCIALES QUI PERMETTENT DE SE RELEVER AVEC PLUS DE SÉCURITÉ...
ÇA, ÇA A ÉTÉ FAIT!
COMMENT LE SAIS-TU?
J'EN VIENS!
PENSEZ ÉGALEMENT AUX TAPIS, LE PIED POURRAIT S'Y ACCROCHER.
AUCUN DANGER! JE LES AI CLOUÉS AU PARQUET CE MATIN!
SI LA PERSONNE ÉPROUVE QUELQUE DIFFICULTÉ À SE DÉPLACER, IL EXISTE DES CANNES À PLUSIEURS PIEDS, BEAUCOUP PLUS SÛRES QUE LES CANNES ORDINAIRES...
C'EST CE QU'ILS DISENT!
QU'EST-CE QUI TE FAIT DIRE CELA?
JE LES AI AVEC MOI!
ELLES SONT MUNIES DE PINCES?
OUI!
...QUI TE PERMETTENT DE RAMASSER QUELQUE CHOSE PAR TERRE SANS TE BAISSER...
OUI!
MAIS TOUT CE QUE J'AI RAMASSÉ JUSQU'ICI, C'EST UNE PELLE!
CLOMP
C'EST TOUT?
C'EST TOUT!
NATURELLEMENT, CES ... ONT TOUT PRÉVU, SAUF LES ESCALIERS!

Le coup du lapin

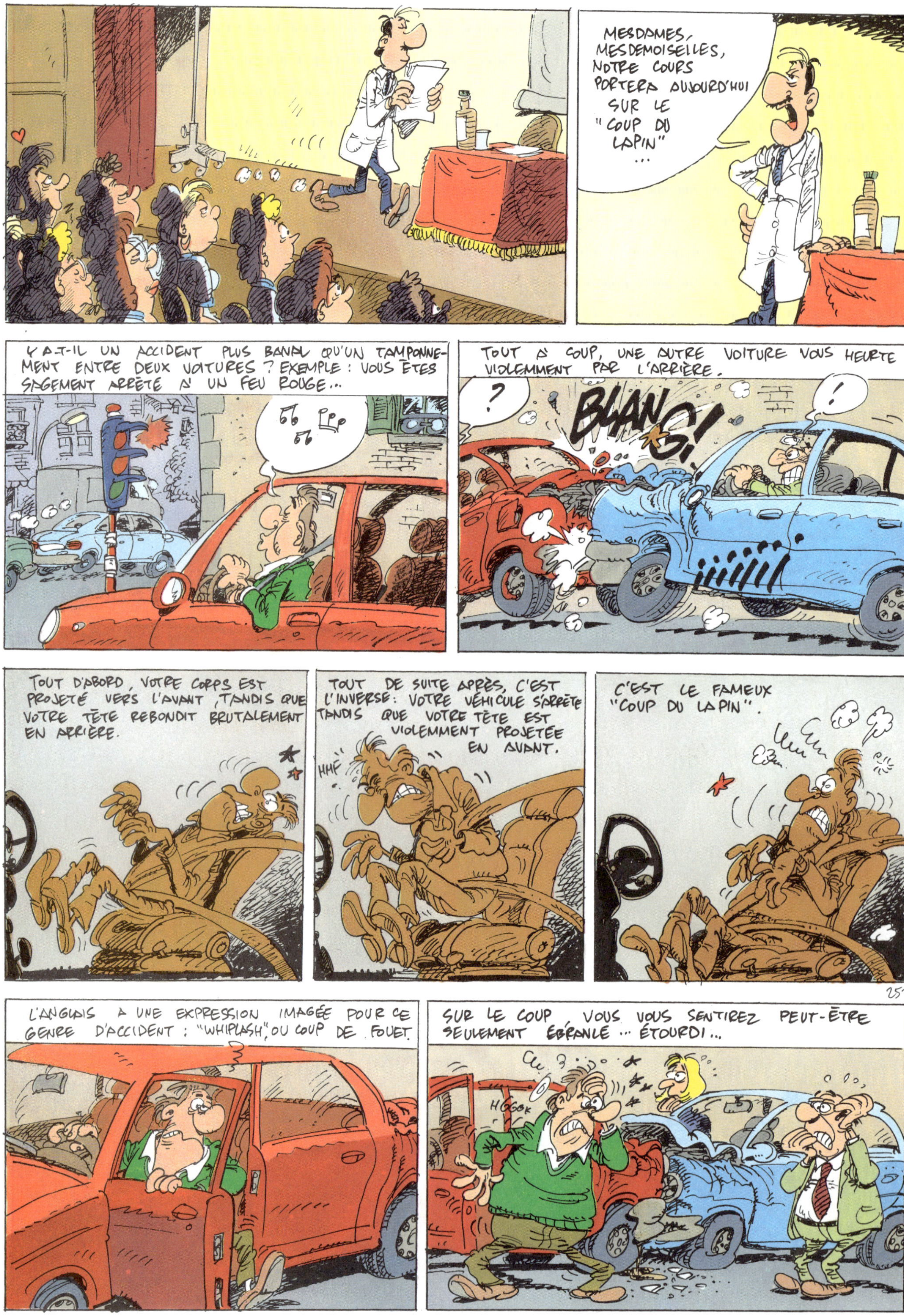

CE N'EST QUE DEUX OU TROIS JOURS PLUS TARD QU'APPARAÎTRONT LES SYMPTÔMES TYPIQUES DES SUITES DE CET ACCIDENT ...
VOUS AUREZ BEAUCOUP DE MAL À TENIR LA TÊTE DROITE..
... OU À LA TOURNER...
CRRR CRRRR
VOUS AUREZ SANS DOUTE DES MAUX DE TÊTE...
PLOK KOLK
PCHHHHHH...
... DES VERTIGES ...
...DES BOURDONNEMENTS D'OREILLES...
BZZZZZZZ
BZZZZZZZZ
BZZZZZ
COTON
DES TROUBLES DE LA VUE...
SNIF!
... DES NAUSÉES...
MMM
MFF
MFF
MMMF
FFMF
...DES VOMISSEMENTS...
BEUÉÉÉÉRK EÉÉÉÉRK
ERK EEÉERK
W.C.
257
ENGOURDISSEMENT DES DOIGTS OU PICOTEMENTS, MAXILLAIRES DOULOUREUX, PERTES DE MÉMOIRE, ET J'EN PASSE...
IL SERA NATURELLEMENT NÉCESSAIRE DE FAIRE DES RADIOS POUR S'ASSURER QU'IL N'Y A PAS DE FRACTURE.
BZZZZZ
KLAK

2

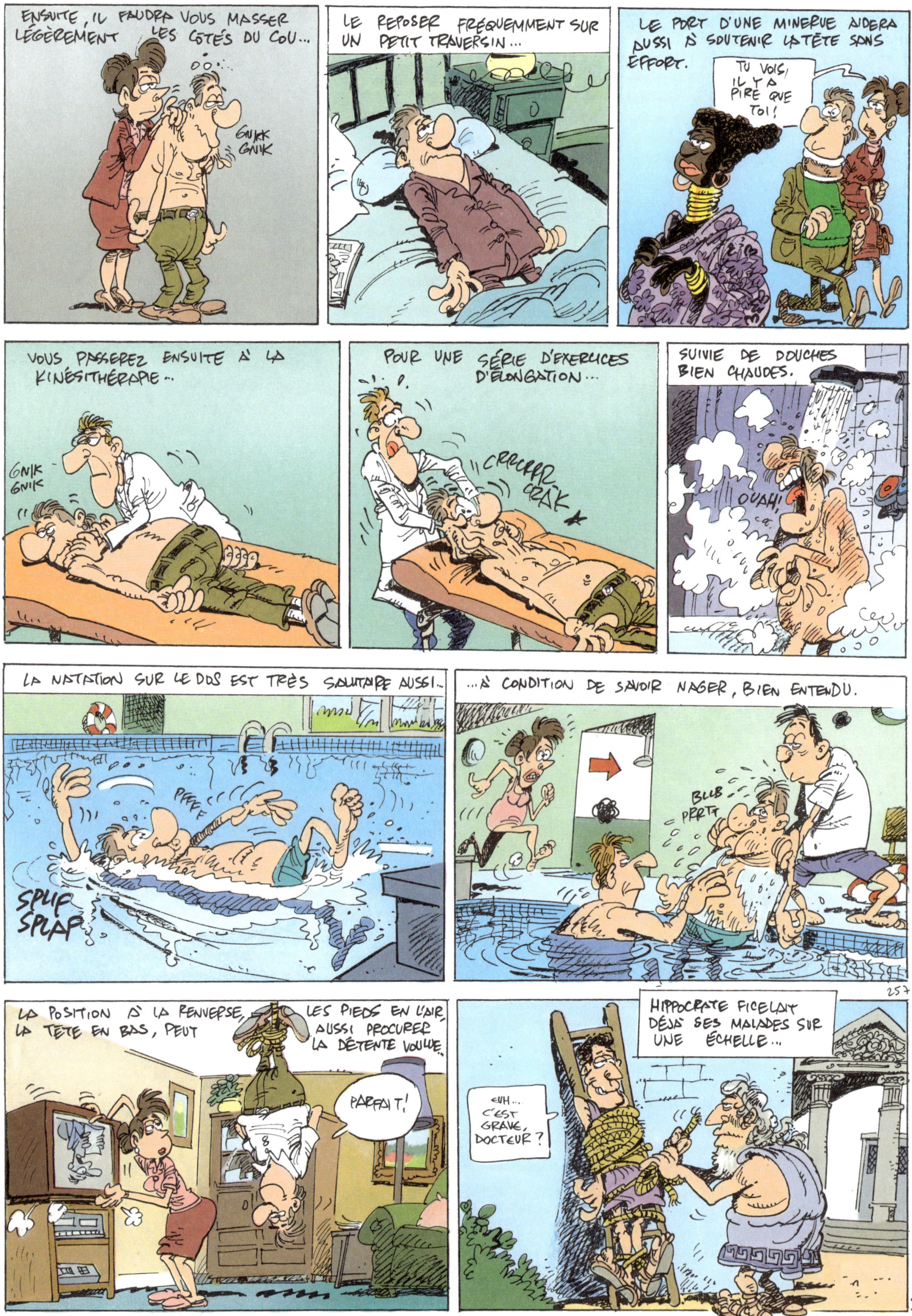

ENSUITE, IL FAUDRA VOUS MASSER LÉGÈREMENT LES CÔTÉS DU COU...
GNIK GNIK
LE REPOSER FRÉQUEMMENT SUR UN PETIT TRAVERSIN...
LE PORT D'UNE MINERVE AIDERA AUSSI À SOUTENIR LA TÊTE SANS EFFORT.
TU VOIS, IL Y A PIRE QUE TOI!
VOUS PASSEREZ ENSUITE À LA KINÉSITHÉRAPIE...
GNIK GNIK
POUR UNE SÉRIE D'EXERCICES D'ÉLONGATION...
CRRCRRR CRAK
SUIVIE DE DOUCHES BIEN CHAUDES.
OUAH!
LA NATATION SUR LE DOS EST TRÈS SALUTAIRE AUSSI...
PFFF
SPLIF SPLAF
...À CONDITION DE SAVOIR NAGER, BIEN ENTENDU.
BLLB PRRT
LA POSITION À LA RENVERSE, LA TÊTE EN BAS, PEUT
LES PIEDS EN L'AIR, AUSSI PROCURER LA DÉTENTE VOULUE.
PARFAIT!
HIPPOCRATE FICELAIT DÉJÀ SES MALADES SUR UNE ÉCHELLE...
EUH... C'EST GRAVE, DOCTEUR?

...PUIS LES RETOURNAIT POUR SOULAGER LEUR MAL DE DOS...
À L'AIDE!
SNIF ?
IL EST REMARQUABLE DE VOIR COMME LE COU RETROUVE SA FLEXIBILITÉ NATURELLE DANS CETTE POSITION...
CHÉRI ?
OUIIII ?
CAR LE COU N'A PLUS À SOUTENIR LA TÊTE QUAND ON EST À L'ENVERS.
TOUT CELA N'EST BIEN ENTENDU QUE THÉORIQUE. EN CAS D'ACCIDENT, CHAQUE SUJET SOUFFRIRA BIEN SÛR DE LÉSIONS DIFFÉRENTES. AU MÉDECIN, DÈS LORS, DE DIAGNOSTIQUER AU CAS PAR CAS...
CE SERA TOUT POUR AUJOURD'HUI, JE VOUS REMERCIE DE VOTRE ATTENTION.
PLUS TARD...
PROUT
?!!
BLONK!
!!!
LE LENDEMAIN...
ANNE, TU NE SAIS PAS QUOI ?
NOOON ?
LE DOCTEUR MINET A DÉCIDÉ DE PASSER DE LA THÉORIE À LA PRATIQUE.

Tapage nocturne

Théorie et pratique

NE PAS FUIR EN COURANT...
?
...OU GARE AUX MOLLETS!
OUAAAAAAH!!
WAF
GRRR WAF
ÉVITEZ LES GESTES BRUSQUES...
!!
GRRooOW
WAF
WAF WAF
GRRRRR WAF
WAF
WAF
GRRRR
WAF
ÉLOIGNEZ-VOUS DOUCEMENT DE SON TERRITOIRE.
WAF WAF WAF
WAF
GRRR...
WAF
WAF
WAP
SI, MALGRÉ TOUT, IL REVIENT À LA CHARGE...
GRRRAOOR
WAF
WAF
WAF
WAF WAF
WAF
OPPOSEZ-LUI TOUT CE QUI VOUS TOMBE SOUS LA MAIN : UN VÊTEMENT...
FLAP
FLAP
GRRRR
...UN BOUT DE BOIS...
RRRRGRROO...
RRRR
...VOIRE UNE DE VOS CHAUSSURES.
GRRRR
...SUR LAQUELLE IL POURRA PASSER SA RAGE...
GRAUW WAF
WAF
GRAW
GROOO
WAFF
AFF
PENDANT CE TEMPS, CHERCHEZ UN MUR...
Y EN A PAS!
GRRRR
WAF
WAF

... OU UN ARBRE ...
... ET ALLEZ VOUS RÉFUGIER DERRIÈRE EN ATTENDANT DU SECOURS.
WAFF GRAOOOOFFWAF WAF WAF WAF
LES SIFFLETS À ULTRASONS CENSÉS EFFRAYER LES CHIENS ...
PFFFFFFF
WAF?
N'ONT AUCUNE EFFICACITÉ.
WAF WAF WAF
SACHEZ AUSSI QUE LES BOMBES D'AUTODÉFENSE ...
YERK YERK
?
SUPPOSENT QUE LA DIRECTION DU VENT VOUS SOIT FAVORABLE ....
PSCHHHHH
?
... OU QUE L'ANIMAL NE VOUS ATTRAPE PAS LE BRAS !
GRRR GNAK
KOF KOF
OUAAAAA
WAF WAF WAF WAF
WAF WAF WAF ... WAF
SI VOUS AVEZ ÉTÉ MORDU ...
HHH HHH
HHH PFFFF PFFF PFFFF
SI J'AI ÉTÉ MORDU ?! MAIS ELLE N'A FAIT QUE ÇA, CETTE NONDIDJU @#!@#!! DE SALE BÊTE ...

DÉSINFECTEZ LES PLAIES AVEC DE L'EAU SAVONNEUSE. RIEN N'EST PLUS EFFICACE!
SI DANS LES DEUX HEURES QUI SUIVENT, LES MORSURES ENFLENT, IL Y A RISQUE DE PASTEURELLOSE DUE À UNE BACTÉRIE INFECTIEUSE...
MON DIEU!
VOTRE MÉDECIN VOUS TRAITERA AUX ANTIBIOTIQUES.
MON DIEU!
EN CAS DE RAGE, VOUS DEVREZ ÉVIDEMMENT RECEVOIR DU SÉRUM...
AGNAGNA
AGNA
VOILÀ!
AU REVOIR, JE VOUS REMERCIE DE VOTRE ATTENTION.
CLAP CLAP CLAP CLAP CLAP CLAP CLAP CLAP CLAP CLAP CLAP CLAP CLAP CLAP CLAP
267
C'EST À CETTE HEURE-CI QUE TU ARRIVES ?!
?
WAF WAF WAF GRAFWAF WAF WAF WAF
GRRRR
JE ME DEMANDE CE QUI LUI A PRIS! D'HABITUDE, IL EST DOUX COMME UN AGNEAU. À MON AVIS, IL T'AURA CONFONDU AVEC UN VOLEUR...
POSSIBLE! EN ATTENDANT PASSE-MOI CE !! #### DE SAVON, VEUX-TU ?
4
Mazouanic - Cauvin

Fieffé menteur!

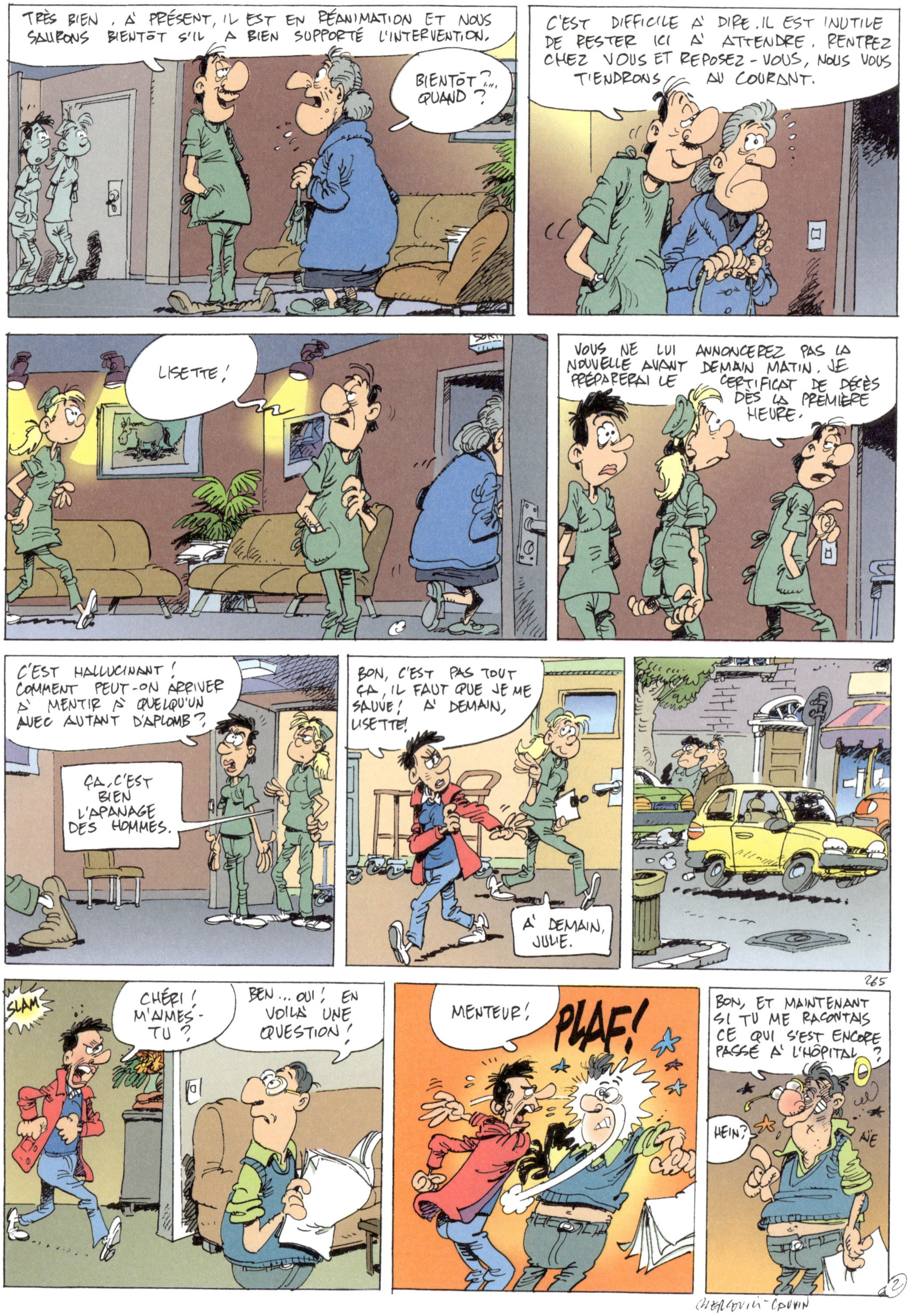

TRÈS BIEN, À PRÉSENT, IL EST EN RÉANIMATION ET NOUS SAURONS BIENTÔT S'IL A BIEN SUPPORTÉ L'INTERVENTION.
BIENTÔT?... QUAND?
C'EST DIFFICILE À DIRE. IL EST INUTILE DE RESTER ICI À ATTENDRE. RENTREZ CHEZ VOUS ET REPOSEZ-VOUS, NOUS VOUS TIENDRONS AU COURANT.
LISETTE!
VOUS NE LUI ANNONCEREZ PAS LA NOUVELLE AVANT DEMAIN MATIN. JE PRÉPARERAI LE CERTIFICAT DE DÉCÈS DÈS LA PREMIÈRE HEURE.
C'EST HALLUCINANT! COMMENT PEUT-ON ARRIVER À MENTIR À QUELQU'UN AVEC AUTANT D'APLOMB?
ÇA, C'EST BIEN L'APANAGE DES HOMMES.
BON, C'EST PAS TOUT ÇA, IL FAUT QUE JE ME SAUVE! À DEMAIN, LISETTE!
À DEMAIN, JULIE.
265
SLAM
CHÉRI! M'AIMES-TU?
BEN... OUI! EN VOILÀ UNE QUESTION!
MENTEUR!
PLAF!
BON, ET MAINTENANT SI TU ME RACONTAIS CE QUI S'EST ENCORE PASSÉ À L'HÔPITAL?
HEIN?
AÏE

À boire !

TUUUUUUT
BON SANG, MAIS QU'EST-CE QUI SE PASSE ?
TUUT. TUUT
TUUT TUUUT TUUT
TUUUT TUUUT
J'Y VAIS...
J'AI SOIF !
GLOU GLOU GLOU GLOU
J'AI SOIF !
J'AI SOIF !
MOI AUSSI !
ON A SOIF !
CUISINE
QUELQUE CHOSE ME DIT QUE VOUS AVEZ DÛ FORCER UN PEU SUR LA DOSE DE SEL DANS LE POTAGE, CE MIDI !
Mercovici · Cauvin 95

Cousu main

BRRRRRRRMMMMMM
BRRRRRRMMMM
BLURB
BRRROUAAAAAAAAH
?!
VRRMMBRR
OUAAARRGH!
ÇA FAIT MAAAL!
ALLÔ? POUVEZ-VOUS M'ENVOYER UNE AMBULANCE? C'EST POUR MON MARI... OUI, IL S'EST BLESSÉ...
...AVEC LA TONDEUSE À GAZON!
PARDON?
AH, ÇA, JE NE LUI AI PAS DEMANDÉ. VOUS PERMETTEZ?
261
NON! LE PIED EST INTACT! SEUL LE GROS DOIGT DE PIED A DISPARU!
COMMENT?
NOOON?

HÉLAS, SI! IL N'Y A PAS D'AMBULANCE DISPONIBLE POUR LE MOMENT, MAIS NE VOUS INQUIÉTEZ PAS! JE VAIS VOUS EXPLIQUER CE QUE VOUS ALLEZ DEVOIR FAIRE...
NOOON ?
AH ?
OUI!
BIEN...
PARFAIT!
ENROULE CETTE SERVIETTE AUTOUR DE TON PIED ET VA DANS LA VOITURE. JE VAIS TE CONDUIRE À L'HÔPITAL!
ET... ET L'AMBULANCE ?
Y A PAS D'AMBULANCE, MAIS ILS M'ONT EXPLIQUÉ CE QUE JE DEVAIS FAIRE...
LES @#!!!#! S'IL S'ÉTAIT AGI D'UN MINISTRE, D'UN DÉPUTÉ OU D'UN SÉNATEUR, ILS EN AURAIENT TROUVÉ, VA, UNE AMBULANCE...
Y A JAMAIS RIEN POUR LE PETIT ÉLECTEUR!
À TON AVIS, OÙ IL EST PASSÉ, TON DOIGT DE PIED ?
BEN... OÙ VEUX-TU QU'IL SOIT ?
JE TE LE DEMANDE ?
SÛREMENT DANS LE BAC À HERBE!
BLONF
CHÉRIIIIE! JE N'ARRIVE PAS À MONTER DANS LA VOITURE!
?
AH, LÀ, LÀ... C'EST BON, J'ARRIVE!

VOILÀ, RESTE COMME CELA, LE PIED BIEN EN L'AIR... C'EST BIEN ! C'EST TRÈS BIEN !
OÙ VAS-TU ENCORE ?
JE REVIENS TOUT DE SUITE !
?!
MON DIEU !
IL Y A UN PROBLÈME ?
EUH... NON ! ENFIN, OUI...
PLUS TARD...
MOUAIS ! TRANCHÉ NET ! J'AIME MIEUX ÇA ! ÇA FACILITERA LA REPRISE DE LA GREFFE ! VOUS AVEZ LE MORCEAU ?
SA FEMME EST ALLÉE LE CHERCHER DANS SA VOITURE.
ELLE A BIEN SUIVI LES INSTRUCTIONS QUI LUI ONT ÉTÉ DONNÉES AU TÉLÉPHONE ? ELLE L'A BIEN ENTOURÉ DE GLAÇONS ?
IL PARAÎT QU'ELLE N'A PAS PU !
J'AURAIS BIEN VOULU VOUS Y VOIR !
QU'EST-CE... QU'EST-CE QUE C'EST QUE ÇA ?!
LA CHÈVRE D'À CÔTÉ ! CE N'EST PAS LA PREMIÈRE FOIS QU'ELLE SE DÉTACHE POUR VENIR FAIRE UN TOUR CHEZ NOUS ! ON A BEAU LA CHASSER, ELLE REVIENT TOUJOURS !

LE DOIGT, IL...
JE SUPPOSE, ELLE A MANGÉ TOUTE L'HERBE.
OPÉREZ-LA, IL FAUT ABSOLUMENT LE RÉCUPÉRER AVANT QU'IL NE SOIT TROP TARD !
PEU APRÈS...
VOUS L'AVEZ ?
OUI !
?
C'EST... C'EST ÇA ?
EH !
À MON AVIS, ELLE A DÛ LE MÂCHER AVANT DE L'AVALER !
JE CROIS AUSSI !
NE ME DITES PAS QUE VOUS ÊTES INCAPABLE DE FAIRE QUELQUE CHOSE !?
AVEC ÇA !? AUTANT VOUS GREFFER UN MÉGOT !
MAIS C'EST PAS VRAI ! AU LIEU DE RESTER LÀ COMME DES BANANES, FAITES QUELQUE CHOSE ! CHERCHEZ, TROUVEZ-EN UN AUTRE, IL DOIT BIEN Y EN AVOIR UN QUELQUE PART !
EH ! OH ! SI VOUS CROYEZ QUE JE VAIS VOUS EN REFILER UN DES MIENS, VOUS VOUS FICHEZ LE DOIGT DANS L'ŒIL JUSQU'AU NOMBRIL !
261

C'EST AFFREUX!
LA CHÈVRE!?
ELLE VA TRÈS BIEN, DOCTEUR! MERCI POUR ELLE! ELLE A TRÈS BIEN SUPPORTÉ L'OPÉRATION!
OÙ EST-ELLE?
BEN... EN RÉANIMATION!...
LE TEMPS A PASSÉ...
...ET IL LUI A GREFFÉ L'UN DES TRAYONS DE LA CHÈVRE?
IL A BIEN FALLU! IL N'AVAIT RIEN D'AUTRE SOUS LA MAIN.
LA GREFFE A RÉUSSI?
AU-DELÀ DE TOUTE ESPÉRANCE!
PAUVRE BÊTE! ELLE A DÛ ÊTRE COMPLÈTEMENT TRAUMATISÉE...
PAS DU TOUT...
...ELLE VIENT MÊME D'AVOIR UN PETIT, IL Y A MOINS DE QUINZE JOURS...
OH! COMME C'EST MIGNON! ET VOTRE MARI, IL NE LUI EN VEUT PAS TROP?
NOOON! IL SEMBLE MÊME QU'ILS AIENT PASSÉ UN PACTE ENSEMBLE...
UN PACTE?
...ELLE ÉGALISE LE GAZON PENDANT QU'IL S'OCCUPE DU PETIT!
SUK SUK
MERCOLIER · CAUVIN 95

Plat de lentilles

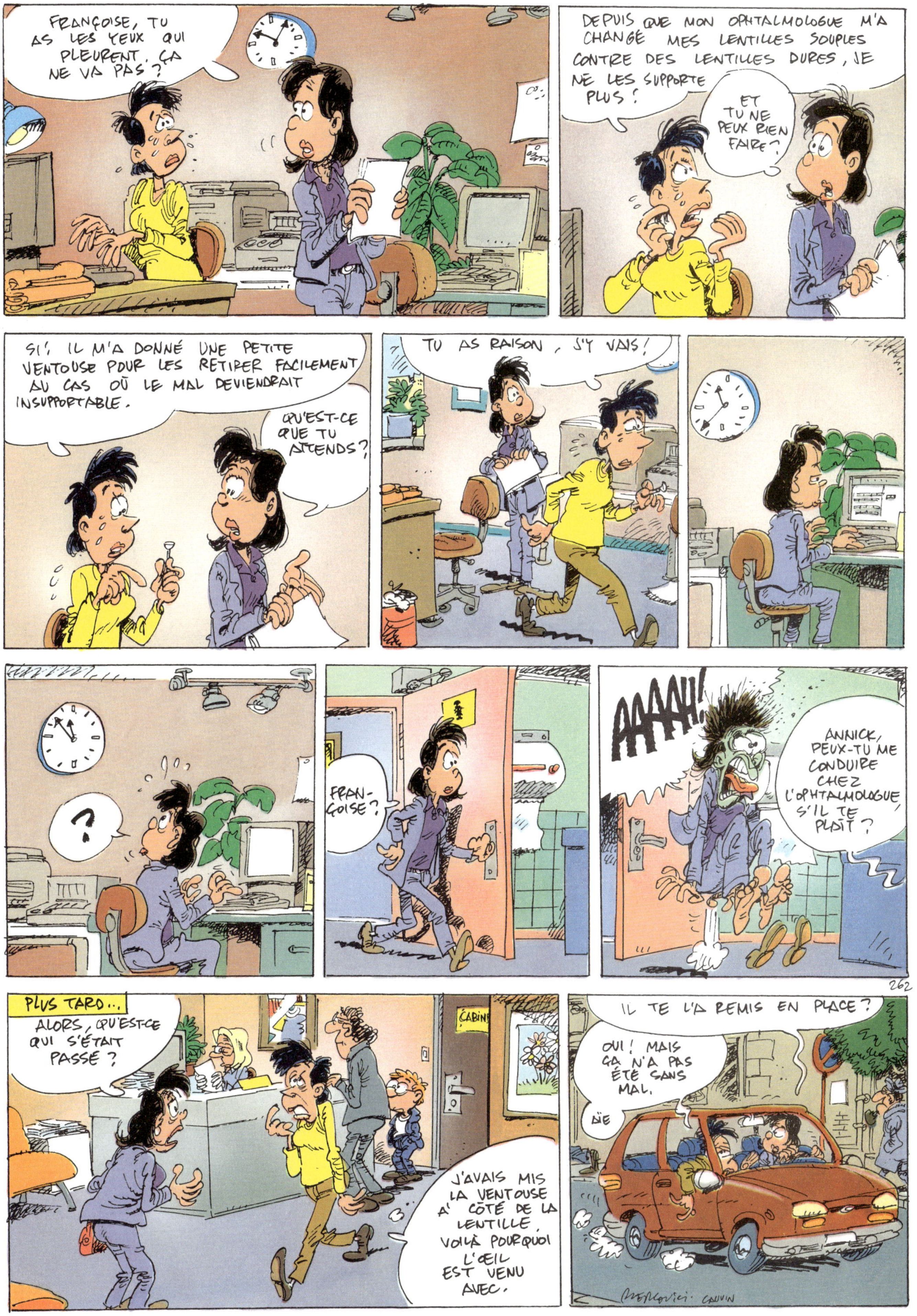

Fausse alerte

BRM BRMH...
BOM BOM BOUM
BOUM BOM BOM
IL... IL Y A QUELQUE CHOSE QUI NE VA PAS, DOCTEUR ?
?
BOM BOM BOUM BOUM
BOM BOM BOUM
BAM BAM
MAMAN ! DIS-MOI CE QUI SE PASSE ! MAMAN !

BOM BOM
BAM BOUM BOUM
MAMAN ! JE SUIS FICHU ?! C'EST ÇA, HEIN ?! ALLEZ, DIS-LE !
MAIS NON VOYONS, QU'EST-CE QUE TU VAS PENSER LÀ !
VIENS ICI, MON GARÇON !
LÀ, VOUS VOYEZ, CES TRACES ROUGES...
TOUT S'EXPLIQUE !
? ?
IL S'EST ENDORMI SUR SON BALADEUR SANS LE DÉBRANCHER HIER SOIR !
BOM BOM BAM
BOUM OUM TCHAK
MERCIERS-CAUVIN

Dernier souhait

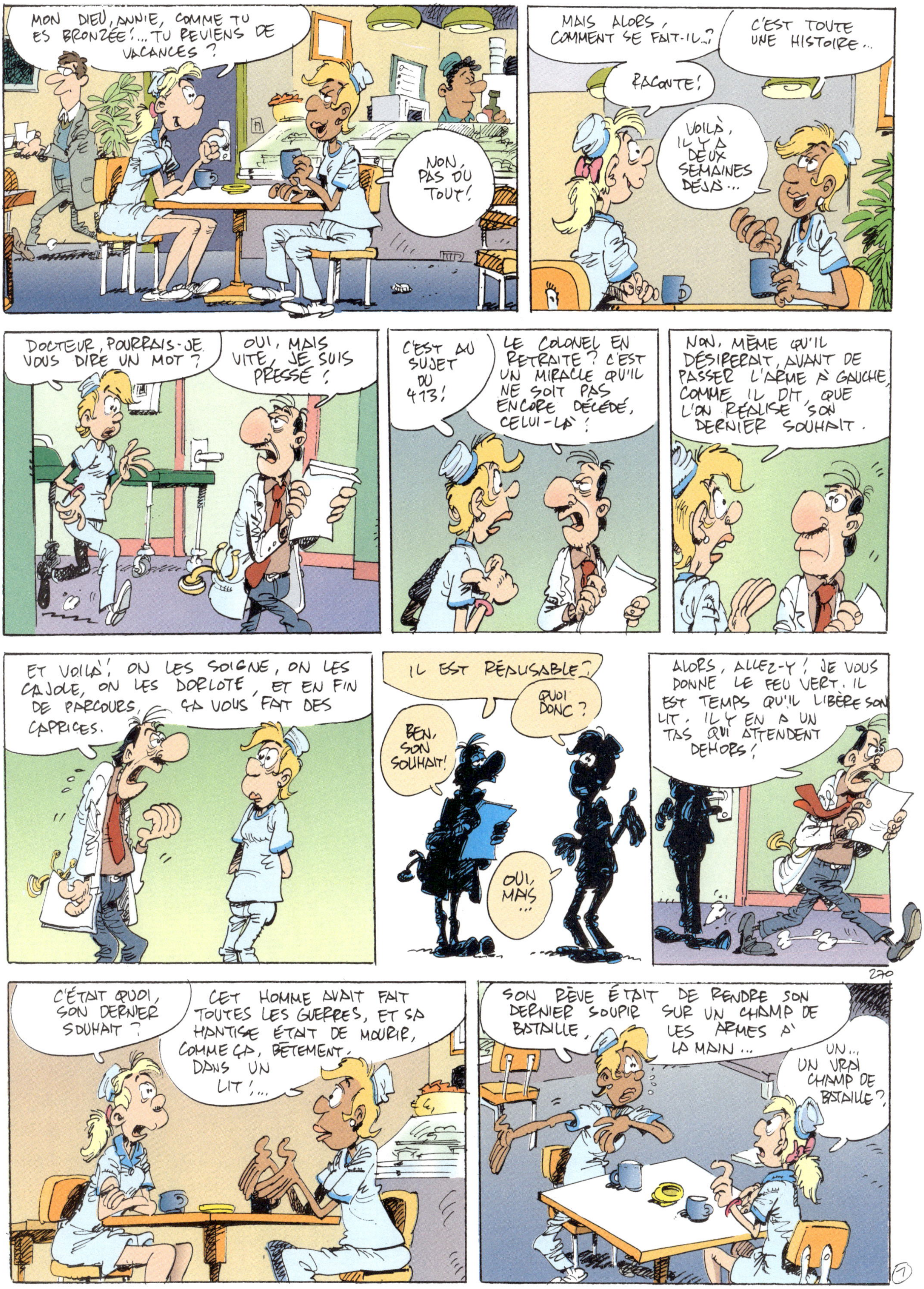

NOOON, UN DE CEUX QU'IL AVAIT PARCOURUS AU COURS DE SA CARRIÈRE...
ALORS ?
JE L'AI REVÊTU DE SON VIEIL UNIFORME...
ET ENSEMBLE...
VERDUN ?
LA MARNE ?
L'YSER ?
NOUS AVONS CHERCHÉ...
STALINGRAD ?
BERLIN ?
DIÊN BIÊN PHU ?
...PEARL HARBOR ?
LE CHAMP DE BATAILLE AD HOC !
TARAWA ?
RHÂÂ !
TARAWA, C'EST OÙ, ÇA ?
UN PETIT ATOLL PERDU DANS L'OCÉAN PACIFIQUE...
...ET C'EST AINSI QUE...
COLONEL ?
ÇA VA ?
RHÂÂ...
VOUS NE VENEZ PAS VOUS BAIGNER ?

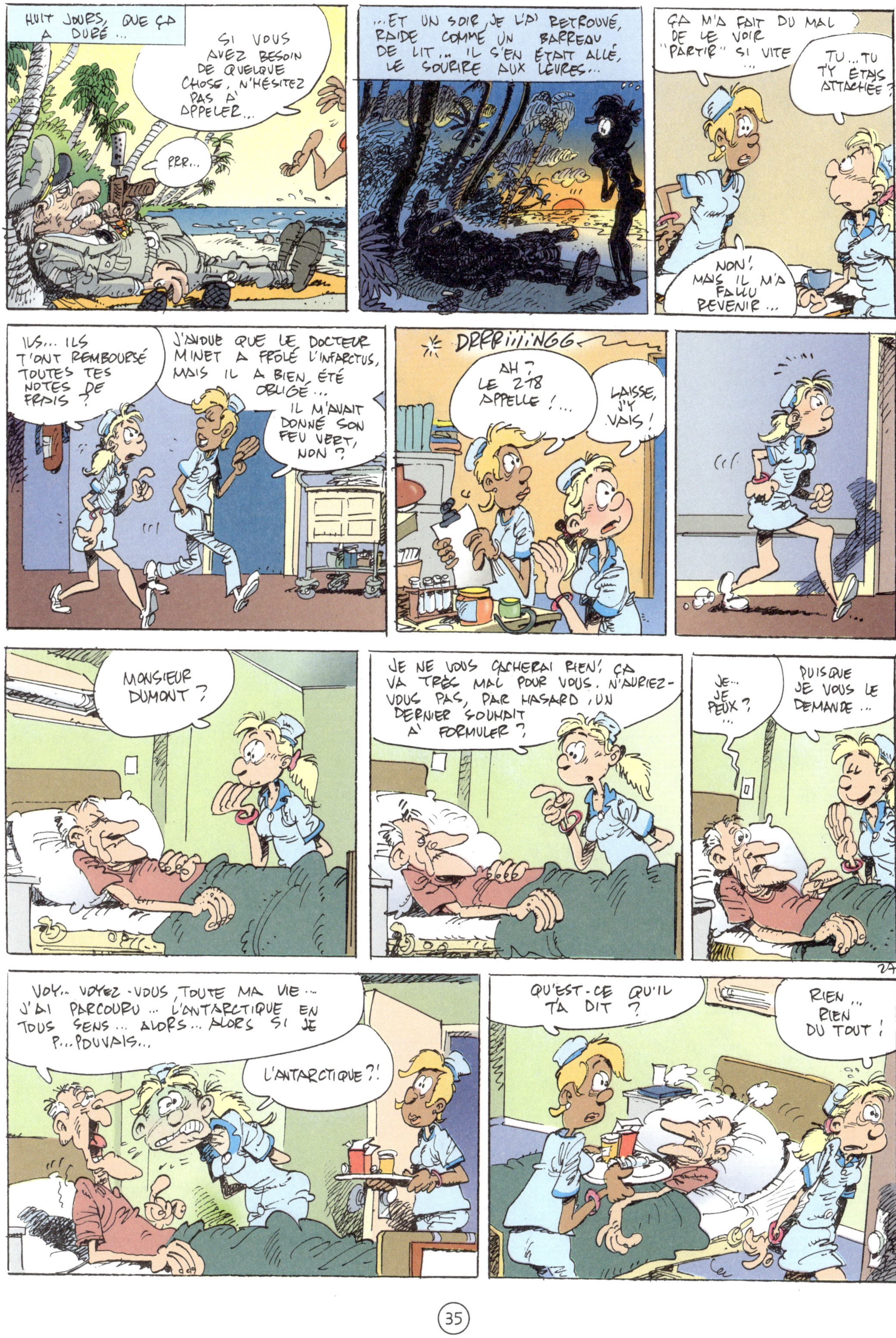
HUIT JOURS, QUE ÇA A DURÉ...
SI VOUS AVEZ BESOIN DE QUELQUE CHOSE, N'HÉSITEZ PAS À APPELER...
RRR...
...ET UN SOIR, JE L'AI RETROUVÉ, RAIDE COMME UN BARREAU DE LIT... IL S'EN ÉTAIT ALLÉ, LE SOURIRE AUX LÈVRES...
ÇA M'A FAIT DU MAL DE LE VOIR "PARTIR" SI VITE...
TU... TU T'Y ÉTAIS ATTACHÉE ?
NON! MAIS IL M'A FALLU REVENIR...
ILS... ILS T'ONT REMBOURSÉ TOUTES TES NOTES DE FRAIS ?
J'AVOUE QUE LE DOCTEUR MINET A FRÔLÉ L'INFARCTUS, MAIS IL A BIEN ÉTÉ OBLIGÉ...
IL M'AVAIT DONNÉ SON FEU VERT, NON ?
DRRRIIIINGG
AH ? LE 218 APPELLE !...
LAISSE, J'Y VAIS !
MONSIEUR DUMONT ?
JE NE VOUS CACHERAI RIEN! ÇA VA TRÈS MAL POUR VOUS. N'AURIEZ-VOUS PAS, PAR HASARD, UN DERNIER SOUHAIT À FORMULER ?
JE... JE PEUX ?...
PUISQUE JE VOUS LE DEMANDE...
VOY... VOYEZ-VOUS, TOUTE MA VIE... J'AI PARCOURU... L'ANTARCTIQUE EN TOUS SENS... ALORS... ALORS SI JE P... POUVAIS...
L'ANTARCTIQUE ?!
QU'EST-CE QU'IL T'A DIT ?
RIEN... RIEN DU TOUT !

Remise de peine

Sourire figé

À FORCE DE PATIENCE, SEMAINE APRÈS SEMAINE, ON LUI RAFISTOLA LES JOUES...
ON LUI REFIT UN NEZ TOUT NEUF...
ON LUI GREFFA DE NOUVELLES LÈVRES...
À QUINZE ANS, LE JEUNE KOX ÉTAIT REDEVENU UN GARÇON COMME UN AUTRE...
... ET MÊME PLUS BEAU QUE LA MOYENNE...
IL N'Y A PAS LONGTEMPS, IL FUT REMARQUÉ PAR UN PRODUCTEUR QUI L'ENGAGEA AUSSITÔT...
SIGNEZ LÀ !
CONTRAT
ET LUI CONFIA LE RÔLE DE JEUNE PREMIER AUX CÔTÉS DE MARLÈNE DANS LE FEUILLETON "MARLÈNE ET LES GARÇONS"...
BLA BLA BLA BLA
BLA
C'EST DANS LA SCÈNE DU BAISER FINAL QUE CELA S'EST PASSÉ ! TOUT A BIEN TENU...
KRREETTTT
?!!
...CE N'EST QUE LA GREFFE DES LÈVRES QUI A LÂCHÉ...
ET VOUS, CESSEZ DE SOURIRE BÊTEMENT !
MAIS... JE NE SOURIS PAS !
EUEERK BERK BERK BERK

Rien ne sert de courir

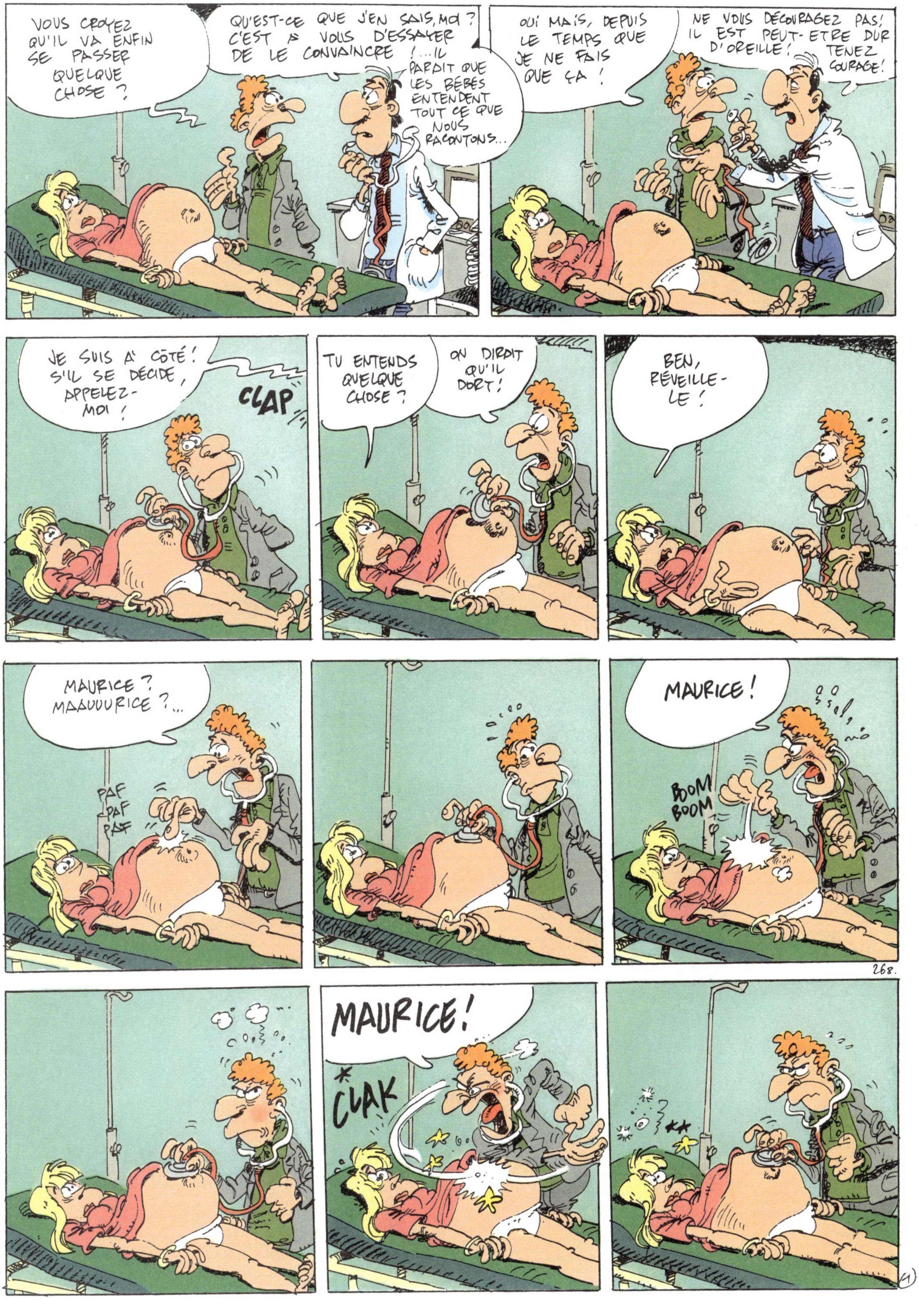

AH, IL A BOUGÉ ! ALORS ÉCOUTE-MOI BIEN, MAURICE ! TA MAMAN, MOI, LE DOCTEUR ET TOUTE LA MATERNITÉ, ON COMMENCE TOUT DOUCEMENT À EN AVOIR MARRE !
IL SERAIT TEMPS QUE TU TE DÉCIDES À SORTIR !
CHOU, TU CROIS QU'IL T'ENTEND ?
ÉCOUTE, LE DOCTEUR C'EST LUI QUI L'A DIT, PAS VRAI ?
MAURICE !!
SI TU SORS, TA MAMAN ET MOI ON T'OFFRE UN P'TIT VÉLO !
CHÉRI, TU NE TROUVES PAS QUE TU EXAGÈRES ?
ET SI ÇA NE SUFFIT PAS, JE TE PROMETS ÉGALEMENT UNE CONSOLE SEGA ! MAIS SORS, BON DIEU !
OH MON DIEU, CHÉRI, IL A BOUGÉ !
TU FERAIS BIEN D'AVERTIR L'INFIRMIÈRE !
T'INQUIÈTE PAS, ÇA PREND DU TEMPS CES TRUCS-LÀ !
268
CHÉRI, JE TE JURE QU'IL A BOUGÉ !!!
METS TA MAIN SUR MON VENTRE, TU VERRAS, IL COMMENCE À SORTIR !
2

T... TU AS RAISON, MA PAROLE !
MOMO... MOM... MAURICE ! DU CALME ! À TON AISE ! VAS-Y MOLLO !
DOCTEUR ! DOCTEUR !
ÇA Y EST, IL S'EST ENFIN DÉCIDÉ MA CHÉRIE !
ROUL ROUL ROUL ROUL ROUL ROUL ROUL
NON ! RESTEZ LÀ ! DEPUIS LE TEMPS, ÇA RISQUE D'ÊTRE UN ACCOUCHEMENT DIFFICILE !
ÇA Y EST ?
ÇA Y EST !
TOUT... S'EST BIEN PASSÉ ?
TOUT ! EN TOUT CAS MIEUX QU'ON NE PENSAIT ! ON NE LUI A MIS QUE 29 AGRAFES.
N'EMPÊCHE, IL ÉTAIT TEMPS !
DEUX ANS, MAURICE, DEUX ANS ! NON MAIS TU N'AS PAS HONTE ? TU AS DÉCIDÉ DE FAIRE MOURIR TA MÈRE, FILS D'IMBÉCILE ?
HIHI ! NON PAPA ! HAHA !
Mercovici - Cauvin

Espoir déçu

BIIIP BIIIP BIIIP
TAC TAC TIC
AAALLÔ ?...
TAC
QUOI !?
ÇA Y'EST, LES GARS ! JE SUIS PÈRE !
BRAVO !
BRAVO !
FÉLICITATIONS, MON VIEUX !
MAIS DIS-MOI, COMMENT T'AS FAIT, VIEUX, TU NE VIS AVEC PERSONNE, ET T'ES MÊME PAS MARIÉ ...
256
ALLÔ ?... QUI DEMANDEZ-VOUS, AU JUSTE ?... QUI ?... AH NON, IL N'Y A PAS DE RAPHAËL ICI... VOYEZ DANS LES AUTRES SERVICES... ...DE RIEN ...
C'ÉTAIT UNE ERREUR !
CLAK
TAC TAC

Homme perdu sans collier

...ET N'OUBLIEZ PAS QUE VOUS NON PLUS, VOUS N'AVEZ PAS QUE ÇA À FAIRE...
VENEZ !
VRRRR...
PREMIER ÉTAGE RADIOLOGIE
RRRR
VRRRRR
DING
DEUXIÈME ÉTAGE UROLOGIE
DEUXIÈME ÉTAGE UROLOGIE
CLOMP
?
DEUXIÈME ÉTAGE UROLOGIE
VOUS CHERCHEZ QUELQUE CHOSE ?
JE... JE SUIS PERDU...
VOUS N'ÊTES PAS VENU ICI TOUT SEUL ? QUI VOUS A AMENÉ ?
UNE BLONDE AVEC UNE QUEUE DE CHEVAL ET UN GRAIN DE BEAUTÉ, LÀ.

SYLVIANE, ÇA TE DIT QUELQUE CHOSE, TOI, UNE BLONDE AVEC UNE QUEUE DE CHEVAL ET UN GRAIN DE BEAUTÉ, LÀ?
EUH... ÇA DOIT ÊTRE LISETTE! ELLE TRAVAILLE EN BAS, EN RADIOLOGIE!
LISETTE, ON T'APPELLE EN UROLOGIE!
?
VOUS N'AURIEZ PAS PU M'OUBLIER, NON ?
DEUXIÈME ÉTAGE UROLOGIE
LOUISE, CE BRAVE HOMME S'EST PERDU. POURRAIS-TU APPELER LES SERVICES, ET LEUR DEMANDER S'IL NE LEUR MANQUE PAS QUELQU'UN ?
SECRÉTARIAT
ÇA VA PAS, NON ?
ORDRE DE LA DIRECTION!
ALLÔ? SERVICE CARDIOLOGIE ?
OUF!
PLUS TARD...
LISETTE, ON TE DEMANDE AU SECRÉTARIAT!
OH NOOON...
OH SI!
JE TE JURE, J'Y AI PASSÉ TOUTE LA MATINÉE. J'AI CONTACTÉ TOUS LES SERVICES, MÊME CELUI DE GYNÉCOLOGIE. RIEN À FAIRE. TON PROTÉGÉ A L'AIR INCONNU AU BATAILLON...
DIS-MOI, LISETTE? ...
OUI?
LA DIRECTION, C'ÉTAIT VRAI?
J' M'EN DOUTAIS! ET MOI, COMME UNE IMBÉCILE, J'AI MARCHÉ, AVEC TOUT LE TRAVAIL QUE J'AI À FAIRE!
ESPÈCE DE !
3
255

PLUS TARD...
AH! VOUS AVEZ ENFIN RÉUSSI À VOUS EN DÉBARRASSER ?
OUI !
ET OÙ L'AVEZ-VOUS MIS ?
DANS LE HALL, PRÈS DE L'ACCUEIL ...
DRING DRING
ALLÔÔÔ ?
LISETTE, ON T'APPELLE À L'ACCUEIL !
MOI, ÇA NE ME DÉRANGEAIT PAS TROP, MAIS IL Y A UN PONTE DE LA DIRECTION QUI EST PASSÉ ET QUI N'A PAS APPRÉCIÉ !
QUI SUIS-JE ?
JE SUIS PERDU !
HELP !
ACCUEIL
DÉSOLÉE !
CHERCHEZ PLUS, IL EST À NOUS !
CE SONT CEUX DE LA PSYCHIATRIE ! ON AURAIT DÛ S'EN DOUTER !
OUAIS, BIEN SÛR QU'ON NOUS AVAIT CONTACTÉS, MAIS VOUS SAVEZ CE QUE C'EST, ON N'A PAS PENSÉ À VÉRIFIER TOUT DE SUITE...
MADEMOISELLE ! MADEMOISELLE ! ...
EXCUSEZ-MOI, MAIS DANS CE DÉDALE DE COULOIRS, JE ME SUIS ÉGARÉE... POURRIEZ-VOUS M'INDIQUER LA SORTIE ?
AH, C'EST UN PLAISIR DE DEMANDER QUELQUE CHOSE DANS CET HÔPITAL !...
MAIS JE VOUS AVERTIS ! ÇA NE SE PASSERA PAS COMME ÇA !
JE ME PLAINDRAI À QUI DE DROIT !
VOOOOM

PRINTED IN BELGIUM BY
proost
INTERNATIONAL BOOK PRODUCTION